JN214894

詩集

残夢録

吉田博哉

砂子屋書房

＊目次

I

II

装本・倉本　修

詩集　残夢録

I

枇杷老人

冬空に房咲く枇杷の花が　陰陽の芳香をはなっている　庭はみだら
でもきよらかでもない　ムシがつくと甘くなる　虫媒花を見上げ
木を出入りする批杷老人
初夏　つぼ口には老い楽のうてな　枯れた花びらが埋み火のように
残っている　つぼ尻の窪み工合で天気を占う　開けると雨　閉じる
と晴　ころげる種の枇杷の秘話

やっぱり　主人の植えた枇杷を伐ってちょうだい　庭に枇杷の木は
凶だとか
家敷の夫人に頼まれた庭師の櫛木(くしのき)さん　なぜか背筋に暗い木の情念
を感じた
ひこばえが床下や壁の裂け目　夢のなかにまでひこひこ根を延ばす
　あたしの息づかいを嗅ぎつけるようだわ
家が湿けるし気が変になる　占いの凶を気に病む夫人の　相談役も
兼ねる　庭師櫛木さん

おおきな空ろを宿す枇杷の実　食べれば果汁が手首をつたう
幹のくらい階段をのぼってくる老人　葉を分けてのぞけば窓には男
女の影　失くさなければ取り戻せないいつだって　びわの味はわび
の味
実の落ちる音がする　落ちる音を　聞かせないと実をつけない　雨

の庭で老人が箒を振るっているのだろう　窓を開けても誰もいない
弓状の枝がたわわな実を隠す　大木の根元にひと鉈入れるとめまい
がした
〈庭男め　こんどこそ骨をばらしてやる〉　夜中　拾い集めた木屑を
老人がパズルのようにはめこんでいる
つぎの朝　枇杷の古木は元通り　われにかえり家にとってかえした
櫛木さん　手にさげた大斧を振り下ろせば　あろうことか樹脂に滑
った刃が足指を斬り落とした

風のうわさも消えたころ　寒い日暮れの廃屋で　枇杷の木を見上げ
ている男がいる
折しも枇杷は花ざかり　気のせいか男はうす笑っているように見え
た

枇杷老人の若妻への恋を　もてあそんだのかあそばれたのか　やっぱり枇杷の古木は凶と知る

大工の話

仕事の都合で大磯に仮り住いしている大工の中原さん　広い家敷の
一隅に在った古い物置址に　その家の老婦人から茶室を依頼された
のだ　工事の途中で突然庭師が来なくなり　そそくさと他の職人も
辞めて中原さんだけが残った
辞めた理由をいくらたずねても　座敷を見まわしながら老婦人は
いつまでも茶室が出来なくてねえ　と静かに笑うばかり
完成は急がない　住み込みで続けて欲しいと頼まれたという

中原さんは私の竹馬の友である　十年振りに会った彼は相も変らず
　もらうものならカマドの灰でも　出すものは舌も厭　というテッ
ガクを固持している　田村隆一という詩人は乞食になれなかった自
分を嘆いたというが　今日だけ食えればいい主義の彼は今も独り身
だった　高齢の婦人にしか魅力を感じないヨという　若い女はどう
も　明け透けで恥らいを知らないとも
家の改築工事を頼むのは何故か年配の婦人が多い　工事の合間にマ
ッサージ（免許を持つ）の秘伝をひとくさり　その話を聞いた婦人
は　それなら是非にと頼むのだ　老婦人を母と思えば生き甲斐を感
じる　とはウソではないらしい

大工とは大いなる工夫なのだと中原さん　引くも進むもならないと
ころ　あたかも草庵のにじり口に手をおく　とすんでのところの息

遺いをみて抱いてしまう　高齢の婦人は植物的な味覚に蘇る　それはあけびのようなはかない味で　思い出すこと　忘れ去ること同時のような気持におそわれるそうな

老婦人はもう疾うに亡くなっていますョ　近所の人はいう　これまでさんざん聞かされた大工の話は　どこまで信じたらいいものか道具箱ひとつの渡り職人中原さん　今となっては身を寄せている先も定かではない
思うに老女なら誰でもよかったらしい　こちらがすっかり忘れた頃　またどこかで母親を蘇らせた　とかいう便りが届くかも知れない

ドアマン

〈ドアは要りませんか　安全なドア〉　玄関で男の声がする　押売り
かな？
閉めようとしたがドアがない　なるほどと思った　いつの間にかド
アがなくなっていたのだ（ひょっとしたら盗られたのかもしれない）
　仕方なく安全なドアをお願いしますと言えば　〈ドアに安全なもの
なんてない〉という　意味がわからない
だから　近付くものと遠去かる足音の間で消えた音を湛えていない

と好いドアとはいえないんです　半日押問答して何とか決めた

取付けが終ると外の様子が変だ　向かいの林さん家が見当らない
代りに申しわけ程度の小さな老朽家が一軒あるきりだ　ドアマンの
説明では　外のないものはドアとは言えないらしい
なるほどとわたしはいった　いやな予感がして振り返ると妻の和室
もわたしの部屋も消えていた　見渡すかぎりの荒野原だ　さんざん
歩いて振り出しに舞い戻っただけのように　ドア一枚に倚りかかっ
ているわたしを見て　ドアマンが教えた　屋内とか室内とかいって
も先ず外がしっかりしてないとダメなんです

怠慢さから為すべき対策をとらなかった自分に気付いた　これまで
部屋と思い妻と思っていただけだから消えてしまったのだ
これからは外の木や他人の家や他人の妻　塀や犬小屋と犬までもし

っかりと見ることだ　かれらが大切な内部と混じらなくなるまで見
えないドアをたたくこと
老朽家屋をあらためて覗くと　在りし日わたしが留守にしたままの
家ではないか
針の外れた柱時計の顔をした父と猫顔の母　そのなかに立つ透けた
わたしにわらう妹がダブっているのはどうしたわけか　昼を閉める
と夜のドアが開く　昼を照らす夜

帰り際にドアマンが　誰にもできるドアの保存法という注意書きを
置いていった
①ひとたび外出したら九十九回戻ること
②ドアの復元には使用頻度を上げること
③急ぐな　だがスキをみてとび出すこと——
　この差異からこそドアは更新される

（但しこれら三点は一度に出来ないとドアの安全は保証できない）

いったい何ものが出入りするのだろう　バタンバタン鳴っている
沼の底で　花の内で　墓の奥で　わたしは常（つね）になく豊かな気分だ
こうして果てしもないドアの一日を暮らす　ドアは盗られないよう
に見張っていなければならないので　たいていわたしはどこでもな
いところに居なければならない

父の部屋

父の部屋には経典や春画　カメラや「心霊写真集」　溲瓶や手紙束
注射器や薬研（やげん）がところ狭しと置かれていた
父の欲望と旅心と宗旨を物語る　それらの物が部屋の臓器のように
　父を浸食しゆっくり分解していくらしかった
壁に吊るされた服はずれて三日月のように曲がっていた
父の眠っている姿を見たことがある　乱れた着物から肌が見えた
アルマジロのような卑猥な腹部　手を擦る一匹のハエがたかってい

た　自分を見つめる霊魂のように
たった今わしが死んだ夢を見たんだ　と父は叫んだ

病気を次つぎとこしらえた　病的な健康不安なのだ　死につづける
父をずれたひとと他人が言えば　あいつらの仏は影だ　わしの仏は
肉なんだよ
病的な六欲の儚さからだ　色欲・形貌（ぎょうみょう）欲（容姿端麗を貪る）・姿態
欲・音声欲・細滑（さいこつ）欲（肉体のすべすべしているさまを貪る）・人相欲
　この世は取り戻せないものから　それを取り戻そうとする夢だと
言った
部下のアリマさんが訪れると　異常な歓迎振り　世界滅亡の予知や
他人の心をよむ話ばかりした　母はアリャマーと言って子らを笑わ
せお茶を運ばせた
そんな夜　母がアリマと逢う夢を見て　お前があ奴を呼んだんだ

そう言って父は別居するようになった

父はあるとき　別居先の部屋に私を連れて行った　途中の道で通り過ぎた光景が現われると　地図の方が間違っとる　と言って破り捨てた
こうして一日中私は連れ回された　ここはさっき通ったよ　という
と父は別居先の場所を説明した
わしははじめからそこにおる　そこは千日参りのように戻るところだ　そう言って七十七日たっても戻らない　七年たっても戻らない
　七生(しちしょう)戻りつづける父

別居先は今もあるだろうか　あの手紙の束はほとんど結婚前の母からのものだった　父の部屋とそっくり同じ部屋が別にある　とも思えない

オナガ

家の近くの高い松の巣から尾長の雛が墜ちて鳴いていた　鳥籠で飼いはじめると　木の実や小虫など何でも食べた　腹は灰白色　翼と長い尾は美しい灰青色　鳴き声をまねて〈ギーちゃん〉と名付けたよくなついて肩や頭に止めたまま私は食事をした　ある日　散歩に出て地上に下りた　その瞬間　猫にさらわれてしまった　垣根の陰から目にも止まらぬ早技だった

灰色の髪を長く垂らして洗濯する母の後姿　尾長は母ではなかったか　飼っていた猫が捕ってきて美味（うま）そうに食べている　オナガの尾を引っぱると猫は怒る　飼い主の息子では爪を立てることは出来ない　だが猫の唸り声をきいた母に私はひどく叱られた　〈ダメヨッ猫のゴハンを奪（と）っちゃダメッ！〉　人間の食べ物もない戦後の時代だった

死んでからは小鳥に化身し　その肉を与えていたのかもしれない生滅自在の境地なれば猫の餌に困らないのだ　小鳥となって猫を呼び　わが身を与えてまで愛した猫もまた母の変化（へんげ）ではなかったか母を食べ尽くした私のなかにわたしの顔をした母がいて　鳥に猫に変幻自在に現われて　母の夢を見つづけている

いつもの散歩道　近くの雑木林を回っているうちに　鳥になったわ

たしは猫を見ると身がすくみ動けなくなってしまった　すでにパキパキ食べられていた　それから家に帰った　〈ゴハンが冷めるでしょ！〉と叱る母の声　道に迷ったことに気付いたとき　家は林の奥の廃屋であり　その前に散らばった小鳥の羽根と小骨を見つめていた

手から搔き消えたオナガの母　空に尾長はいまも鳴いているが　小鳥を飼った日から数十年　私は鳥の戻らない空っぽの鳥カゴのように佇んでいた

父の退院

待合室　この世の窓から差し込む秋の陽が　一枚の金箔のように床
に落ちている
あ　一刻千金　と言ったお父さん　秋に春の闇が重なる　にんげん
は行方知れずにならないと自分を捜せないんだ
診察台の上で　アルマジロのような白い腹部をひろげ　縮めたり膨
らめたり　青蠅のような麻酔医に伸ばした四肢を委ねた
ところでわしは死んでからどのくらいになる？　写真の父は言った

ことばに裏切られた土神のように話すので　唇が馬のようにねじれ　言葉より先に涎がながれてしまう

なつかしいぼくのお父さん　受難者というよりとても精力的にみえる　けれど話しかけてはいけない　ことばとの乱暴な振るまいに満たされて　広角レンズの被写界深度から浮かび上った　身元不明人のようなお父さん
靴の中の釘に突き上げられ　激痛の血に酔い痴れ　星の鋲を踏みふみ夜空を歩いていた　自分の葬式から帰ると　言葉に塩をこすりつけて恍惚となり　帽子から取り出したことばのオウムに群らがられて　消えた奇術師をおもわせた

夕ぐれ　どこへともなく出て行くお父さん　何の口実でかぼくを連れ出し　ひとりで住むおばさんに会った　お母さんには内緒よ　か

えりがけにもらったリンゴ　甘い物のない時代　なぜか家が遠くなったあの夜明け
食べてはいけない母のため　食べねばならない父のため　野いばらのようにからみ合う　その夜ぼくは夢を見た　母が家に火をつけた猫を抱いてわらっている

電柱の陰でチャックを下ろし　先にひとつの砂漠を引き出してしまう　父の欲望は大袈裟で廻りくどいので　いつも終電に間に合わない　傘を見ると開くこと閉じることを思い　わしは時雨と此の世の区別もつかなくなった　家族に見放されて退院した父　季節はめぐり　どこにでも起居するもの　今では生者と見分けもつかなくなった　なつかしいぼくのお父さん

ゴムの木

雨の降りかかる窓辺で　鳥のような撫で肩のM夫人は　鏡の中の黒いロングスカートから　白やかに伸びる足を眺めて満足する。

居間のゴムの木がかわく夕べ　如雨露で水やりに現われる。

重い葉に肩を触れられると柔毛(にこげ)を立てて崩れ　大きな植木鉢のようにうずくまる。


普段は眠り草のように垂れている　葉脈が艶を増すと　居間にばなが

れる白い樹液のにおいのなかに　密々しい不思議な足音がまじる。
M夫人はいつも夫の鳥打ちのような目をどこかに感じ　夫の見つめる居間では　自分でも知らない鳥偏になるのだ。

夫の息子が家を出た日のために買ったゴムの木　思い出の黒いスカートを佩くと　息子が肩に忘れていった大きな手に　伴われて夜明けまで過ごす　息子の影を着たゴムの木　樹液にみなぎる白い罪のにおいをただよわせる。

夫は窓から　雨上りの闇に孕まされた満月を見ている。
夜明けには　内密の白い血を流して影を消すゴムの木。
失わなければ何もはじまらないにしても　いちども手にしないものを失いつづけている気分だ。
何かを追うように買物に出たまま　すでに七年余　ゴムの木の水を

やりに　時折り帰る妻の幻影を見ているだけだ　と。

宮沢ちよ

文房具屋の前を通って　小学校へは歩いて行く　トンボ鉛筆をくれたその店の宮沢ちよと一緒に　少年はいつだったか　路上にいた蛇を追い払ってやった
三十年後　同窓会で再会した　互いに家庭を持ち子供もいた　どちらが誘ったのか　つき合いはじめたある日　突然連絡が途絶えた
友人から聞き出した番号で電話した　教会の尼僧になったので　もう逢えません　草原で蛇の脱け殻に出会った気がした　教会へ行け

ばよかったのだ
彼女のなかに入りこみ黒い僧衣を着せた神が　彼女の娘を踏切から
救ったのか
返礼に　僧衣を裏返させようとして夢のなかで彼女はわたしを待っ
ていた　けれど教会の名も場所もきかなかったので　彼女の神を知
ることはできなかった

踏切の警報機は記憶のように鳴りつづけているのに　きこえない人
は多い　並んでいる郵便配達夫や出前持ち　若者たちはサドルを挟
んで偏執狂の目付き　娘の手を引いて再会した男に逢いに行く途中
だった
遮断機の向こう側にも彼女と娘が立っている　見知らぬ女のように
カーブミラーはその姿を映す　あれは男と別れて　夫のもとへ戻っ
てくるときなのか

遮断機が開いて向こうからも彼女と娘がやってくる　踏切のまんな
かですれ違いざま　きつい目で咎められた　わたしは宮沢ちよだけ
どあなたはいったい誰？
揺れ動く二つの顔のなかの日日　すでに予告はあったのだ
その日は踏切が分裂症のように騒いだ　風に飛ばされた帽子を追い
かけて娘が　巻き込まれたのだ

あらゆるものが浮遊する日　神のこえがきこえた　〈踏切のなかに立
っているから早くつれだしてやりなさい〉　十字を切りながら歩いて
行く　目を離せば踏切は遠くなり　娘は見えなくなってしまう　尼
僧服なら踏切なんてこわくない　もう電車は見えている　全速力で
迫ってくる　けれど電車は近付かない
踏切を生きるために今日も　宮沢ちよはやってきた　うすく透けた

秋空の下　橋の上や林の道　街角　どこにでもあらわれる踏切を
手をつなぎ　ふたりはゆっくりと渡って行く

スカンポの唄

虎杖を銜へて沙弥や墓掃除　　川端茅舎

落ち葉と古い日記帳に火をつけて　たなびく煙の庭から部屋に戻る
くすぶる日記の中から現われた女が　わたしの夢と戯(たわ)けのことばを焚き火から取り出し　おだまきのように思いつめて読んでいる
灰から現われた若いわたしと死ぬはなしをしている　かれらのはなしをきけば今のわたしのくらしがすべて　言い分けじみて灰を浴びたようになる

いつだったか寂れた村の川岸で　出遭った女が口ずさんでいた〈ど
ーてのスカンポジャワサラサー〉　土手に座り　女は桃をむいてくれ
たのだ
だが　土手にはもう誰もいない　スカンポの茎を銜えてわたしがい
るだけだ

女とは杏や桃の里を日暮れまで歩いて行った　なぜか女は　とても
川岸だった　春は雪解けの水位を増し　水没した岸辺に髪を流した
中洲にはスカンポの紅を振りこぼし　古い流し雛を引っかけて
ときには浅瀬のような幼い仕草も見せた
それから女はどうしたか　身をすりつけて　すり抜けて　あの日の
舟を土手に打ちあげ　どこかの町の雑踏にスカンポの唄のひと節を
こぼし　見知らぬ男と行ったのだ

女は風景の記憶だろうか　土手はスカンポの花盛りだ　四季より移
ろいやすい場所を生きる　若いかれらの居ない暮らしなんて　神も
旅芸人も来ない村のよう
暮れかけたうすわらう空へ　もう焚き火のけむりをよぎっていく
みせかけ暮らしの傷口には　つける薬が何もない　どおしよう　け
むりよけむり　けむりの力がわたしを活かす

岸辺の男

世間はひろいようでもここしか来る処もなかった　この世には岸辺
しかないのだ
形見の竿（銘ウラシマ）に風はつれなくも釣糸をふくらませる
私の背後をゆっくりと行きつ戻りつしている　風にはがれたような
馬面の男　話しかけにつれな気に応えれば　馬銜(はみ)の合わない馬のよ
うに　唇を裏返し　おどおどした眼で　旨(うま)い釣り方など教えよう
男はいざり寄ってきた　薬と熟柿の混じった体臭　サンダルはかか

とがつぶれ　中のものが魚腸のようにはみ出ている

男は熊本の村からの出稼ぎで　聞けば酒と乱暴で逃げられたとか
これがカカアと取り出す汚れた写真　見れば驚くほどの筑紫美人
今では土建会社の社長夫人　男はその夫妻に使ってもらっていると
　大切そうに財布にしまう　折れ線だらけの写真は地図のようで男
の顔にも見える
道の行きづまりが川岸　あるものとないものの区別のつかない水ぎ
わで　今日の一日をこさえる男

ぼんやり男の話をきいて　川の流れを見つめれば　浮き藻のように
迫る遠い日
大きくなったら何になる？　ひょうたんウキを流す少年の横には父
がいた

二つの家を往来して　母に愛想尽かされ　垣根の向こうを行きつ戻りつしていた遠い父　横に並ぶ男がいつの間にか父と重なる

川はいろんなものを流したが　何ひとつ消し去りはしない　水が潜める影を揺らす

釣餌は教わったカゲロウの幼虫「あるかなきかの心ち」して

夕陽に光る糸が一瞬　ひょうたん形を虚空に描いた釣魚をそっと握ると透けた口を開け　身ぶるいしてのけぞった

食えない魚を乱暴に放り込むと　キラリ水底へ　真昼がウソのように消えた　死んだふりをしてたんだ　さあてオレも帰らねば――馬飼のような男は待つ者がいるかのように言ったのだ

少し行って振り返ると　もうその辺りに揺れて立つのは月見草ばかり

白鳥沼

ひっそりと　四百年は経つという白鳥沼　寄せたり退いたりして
岸辺に佇むわたしを引き込んでいる　その水面の影もこのわたしな
のだ
絵を描きにやってきた　来る場所はここしかなかった
対岸の番小屋に誰かを待つような　じっとこっちをみている人影
岸辺の白い道標や白楊(どろやなぎ)　蛇のかたちに首を立て　音もなく水面をす

べって行く白鳥たち　仰いで鳴けば此岸の空　俯いて呑めば彼岸の空
木霊し合う逆光のなか　対岸の白髪の老人　異様に膨らんだ袋を背負っている　〈コオーッ　コホーッ〉　奇声を発し　回帰の餌を撒きはじめた
ざわめく枯葦の繁みから　白鳥たちが手繰られるように飛び出して
　颪に叫ぶ老人に群がる　その光景はしばらく続いた
月が出ると葦の狭間から現われる古老や老婆たち　白い装束雛のように沼の岸辺に並ぶ　くるり　くるりと回りながら　みんな笑顔でしゃべるのできとりにくい　われらは白鳥を崇め　白鳥を食べ泥のようにねむってくらす沼の時間　四百年前からこの白鳥沼に住んでおる
そうして　沼に墜ちてくるひとや自分を捨てるひとたちの　とむらい　とかいって

鳥虫や草木になりたいものをばらばらに突き崩す　ひとに戻りたい
もののからだは沼底の白鳥の糞泥に突っ込む　かれらの目は灰色で
耳は木の葉石　ひたすら沼をまもるものたち

空が明るむと急に表情が変わる　夢が脈絡もなく途絶えるように
白鳥たちはどこへ消えたのか　小屋も林に紛れこんで　どこかを映
してひろがる水面には　藻屑の影が漂よう　沼はからっぽになった

沼の戯画と化したわたしを残し　葦が青磁色の風を編みはじめると
　沼に白いわらいがひろがった

II

海坂

海鳴りする船宿に泊る釣人の枕元へ　浜の小路を行き交う漁民の足音や話声が　水底からのようにきこえてくる
海霧を見つめる船主には〈来るな〉ときこえ　舳先でうなずく船には〈来たれ〉と沖がささやく　人の夢を乗せて搬ぶ船もまた夢をみるのだ
　女たちは祈る　たとえ遭難しても古い潮路をたどれますよう　お助け下さい船霊様（ふなだまさま）

霧笛（きりぶえ）が海原を裂くと　一艘の船が沖にあらわれる　船尾に「おえびすさま」の幟を立て　肩をゆすり身重の腰をきしませる「波切丸」
近づく舳先に立つ人影は　ウマヅラハギ面（づら）の男　何気ない一言を残して出たままの舟子たち　戦死した跡取り息子　鮫の歯形を付けて笑う村の古老　不帰の釣人　復員者たち　立ったまま波のようにゆれている

船霊様の声は舟子なら誰でもきこえる　哭くような笑うような声　うねりながら手足のないものも　悦びの舟唄を長引かせる　〈こよひ一夜はどんすの枕　あすは出船の浪まくら〉* ぎっちら　ぎっちらこ
まひるまに灯を焚いて呼んでも応えず通り行く　次々と津波の水死人を甲板に引き上げて「おえびすさま」に祀ってる　船艙には人形

のようにこわれた村人がぎっしりだ　ゴゴーン　オーン　底ごもった声
ゆっくり波濤を越え　古い潮路に乗って沖を越えて行く　蜃気楼にもえる漂流船

ここは海坂(うなさか)の船着場　走り寄る船迎えの女たち　驚く舟子たちと抱き合っては再会を喜ぶ　船を輓きあげばらばらにわり　船霊様に焚いて引きあげた村人たちを温める
お神酒(みき)をふるまわれると漂流談でわいわい　泣いて笑ってかつて生きた夢の世のくさぐさ話
すきとおった着物に骨や貝殻の首飾りで踏歌舞う　〈おやがないとてあなどりなさる　おやはありますごくらくに〉* 送るも浪迎えも浪
海坂うなさか

＊柳田國男「民謡覚書」

海の顎門

深海魚あんこう　の腹を漁師が切り裂いたら　中から海鳥が出てきた　という記事を　泊った海辺のホテルの新聞で読んだ　温泉から出て再読しようとしたが　いくら捜しても記事は見つからなかった
かつて泊ったホテルである　妻の足跡を辿るように　夕食後　高台の庭に出た　ハマスゲの生える砂原で絵を描いている男がいた　周辺の砂原にはカモメがあちらこちらに休んでいる　画布にはその鳥たちが描かれていた　カモメたちはなぜこんな高台の砂原にいるん

だろう　連中は時化(しけ)を予感して避難している　と絵描きが背を向けたまま言った

灰色の翼が背にたたまれ太い嘴の先端が鋭く曲がり　何か残飯のようなものを啄んでいる　どうもあんこうのようで　内臓を引きずり出している　満腹したらしいのは　金色の猫目石のような目を　遠い沖に向けていた

男は相変らず背を向けたまま海鳥を描いている　絵描きから離れてホテルの左側の砂原の方へとまわってみた

するとそこでも　男がカモメを描いていた　その光景は先刻と同様に広がり　しかし絵はずっと　前のより十倍ほども大きかった　男の背に隠れた部分は　よく見えない

なぜか　絵のなかを歩いているような錯覚にとらわれ　自分がどこにいるのかわからなくなった　砂に足を取られながら　ホテルに何

とか帰り着いた

部屋の壁いっぱいに広がった　絵はまたしてもカモメだった　遠く近く　群れて旋回するカモメの下　砂地植物のうえに横たわる白い背と　こっちを向いて描いている男がいた　大きく口を開けて叫んでいるのかわらっているのか　絵筆が手招いているようにも見えた近づいて行くと　男の前に横たわって描かれている　裸の女は若い日の妻であった

廃れたホテルの窓からは　何も見えない　打ち寄せる波の音ばかりだ
壁から外れかかった大きな絵は色褪せ　その下には　消えかかった文字で「海の顎門（あぎと）」とあった

水幻記

砂浜に打ち上げられた藻に足をからませながら　振り返ると足跡がつづいている汀に　多くの人がわらうようなさけぶような　しゃべりながら歩いてくる　母の浦里の人たちのなかに　子供の私もいる静かな入江の釣舟から眼鏡を落としたことがある　滲んだ漁村や桟橋が水面に浮いてみえた　いくらでも魚は釣れた　けれど逃げた魚は釣れない　釣らないと帰れない　似たような魚はいくらでも　釣れるほど帰れない

潮が満ちて舟が流されていたのか　気付くと辺りに外の釣舟の影も
ない　疾うに魚籠（びく）は波にさらわれ　流れ去るもの流れ寄るものの汽
水域　入れかわる水に舵をとられ　釣舟は　行きつ戻りつ　見たこ
ともない浦を漂っていた

釣糸をピリピリやるのはふうせんくらげか　水霊みたいなものは捨
てねばならぬ　すきとおったくらげのむれに囲まれていたらしい
さぶり　さぶり　波の奥からきこえてくる　〈どうしてあたしを捨て
たの〉　見回すと　すぐうしろに母が乗っていた　からだに水平線が
透けてみえる

あれは送り水　それとも呼び水だったのか　化粧された母の唇に沁
ませた死に水を思い出した

形見の白髪の束が　水霊みたいにひかったのだ
母のようなものは要らない　失くしてからでしか取り戻せない　どんなものにも似ていないのだから
舟のような棺の小窓を開けてのぞくと母はもうきれいな水になっていた

手紙

手紙が欲しい　ポストを見に行きたい　でも見に行けない　来てないとさびしいので　書く人と書かせる人を引き寄せるため　はるかな遠さに引き離す　あなたとわたし　手紙はどっちのものなのだろう
村を抜け秋を越え　この世の果てを歩きつづける　郵便屋さん
いつだって欲しい手紙は　昔も今も古い道からやってくる

知らない人から一通の手紙が届いた　思わず封を切ろうとすると
天井からおばあさんが飛び出してきた　わたしがあきらめの悪いこ
んな人間なので　まだよく死にきれないのだ　そうゆう手紙は開封
してはいけない　手紙はほんとうにさびしくならないともらえない
　と教えてくれたおばあさん

わたしの未熟につけこんで偽名で　卑猥なカタログを　送り付けて
くるポルノ社かもしれない

琉球人の血を嗣ぐおばあさん　即興で神がかり的に歌い語る　神か
らと神へのことばを同時に話すので　霊言か呪文のようにしかきこ
えない
やっと手にした手紙を隠した天井裏　見ないようにしているのは
断食のような苦しみ　もらえないとあきらめたとき届いた手紙だか

らでしょうか
目もかすみぼんやり　庭をながめ暮らす　こんなに手紙を欲しがる
のは　わたしの中の別人ではないのか

今では受取ったのも天井に隠したのも夢のよう　こんな思いにさせ
る知らない人からの手紙ほど大事なものがあるだろうか

いったい送り主は誰なのか　それこそ受取人がこの世で自分の名前
を知る　たったひとつの手掛りなのです
〈開けなければ宝物〉　ああ　おばあさん　そのことばに気付いたと
き　開封したように夜が明けたのです

観覧車

寒暖交互の風に散る花の日曜日　風の見えるガラス箱から　空の階段を昇り降りするものたちを見ている　わたしの箱はなぜか　いつもまひるの天頂に吊り下がる　居なくなった人が乗り込んでくる　つぎつぎと上ってくる箱にすり代る　頂上の箱にマネキン人形のように座っていると　ガラス窓を近々とのぞきにくる空におどろかされる

つぎからつぎへと半円を描いて　上ってくる回転箱　けれどかれら
は頂上に近付くと床の傾きで　顔がずれはじめる　新しい風景のな
かに古い風景が浮上するように　天頂の箱に重なると　すでにわた
しの顔になってゆれている　漁色家　郵便屋　コウモリ男　かれら
がわたしの代役だろうか　いつともなく天頂のわたしに戻っている

中心に引き寄せては周辺へと振り離す放射輪　目まいのうちに身を
のり出せば　蜃気楼の町が見える　わたしの暮らした迷路の街　見
上げている自分を見下ろせば　地上に影は双輪のように渦巻いてひ
ろがる　二つの名前　二つの顔　二つの家
どこからともなく名を呼ぶ声　うっかり振り向く人が　時折り落下
していく　地図を描いたガラスは砕けて　犯罪者のように自分を失
うことでしかじぶんを取り戻せない　青空はわたしのあけた百千の
窓

どこの空にも不意に脱輪のように現われる観覧車　地平線からすべり落ちていく風景をぼんやり眺めれば「わが友みな世を去りて　かすかにわれを呼ぶ――」＊　生涯が魔的なジョーに運ばれる

霧が流れるとぐらり傾く　走りはじめた箱の内には誰もいない

＊フォスター作詞作曲「オールド・ブラック・ジョー」

蟻人伝

かれはもう十日近くも私の部屋に同居している　私が見るときはいつも　じっと一点に佇んでいる　トンと畳を打つとハッと我に返り周章(あわ)てて走り出す　だがまたすぐに立ち止まる　何かに呼ばれでもしたかのように
その夜　痺れる痛みをわが陰嚢に残して　シーツの上を走り去るかれを見た　トイレに迷い込んでいたとき私の尿(いばり)を浴び　発狂して咬みついたのだと妻はいう

アリは死ぬとき仲間に知らせる臭いを出すという　それを消されて
は生きるも死ぬるもならず　酷くむかついていたに違いない

隣のおばあさんはワリバシでドブミミズをはさみ　共同の井戸端で
洗っている　〈どうか孫をお許し下さい　ナムナム〉　五歳のケン坊
はミミズにオシッコをかけてそこがタラコのように腫れ上がったの
だ　昔はどこにでも小さな神がいて　老人がお育てすれば救ってく
れたものだ

いたるところに湧き出るアリはいつも　葬列して遠い野辺を行く
もがくものがあれば末期（まつご）の蟻酸を与え　酔生夢死の首を外してやる
　あらゆるものをバラバラにして　この世の外へ送り出す葬蟻者
黒いわらいの大顎（あぎと）面を傾けて　際限もなく交わす黒い会話

まばたかないかれの蟻心暗鬼の複眼にみつめられると　壁のように
亀裂が走る
いつの間にかからだ中の穴からは「アリの熊野詣」　ひっきりなしに
墨染の僧がぞろぞろ　甘い死に群がり右往左往している
〈何とぞお許し下さいナムナム〉　アリに生まれ変るという部族のよ
うにわたしは　いつか張りぼてのわが身を解体して運び出している
絵日記や手紙類　夢常記や偽書　幾重にも剥がれ落ちた貼り紙

六道の地層をよめば抜け路の　恐竜や始祖鳥も食べた先祖より　捜
神記は葬神記
自分の影そっくりのアリのままに　六つもの影をつれてもじのよう
に野辺を行く　古文書や過去帳はありませんか　書き写させてくだ
さい　人気ない夏の真昼の村々をめぐる

石人記

男は机の上に椰子の実大の石を置いている　大小の穴が洞窟のよう
にあいて　穴の奥には奇岩をつらねた峰が聳えている　覗いている
と雲がわき起った
御山修行に行けない日は　ひがないちにち　それを眺め〈散華　散
華　六根清浄〉　唱えて行けば必ず逢える　石を愛でればあらわれる
その日も秋晴れの雲一つない空だった　男は白衣姿で行者口から登

って行った〈六根清浄　お山は晴天　サァーンゲ散華　守らせたまえ〉

もうすぐ　剣ヶ峰も近い岩場にさしかかった刻　物凄い地揺ぎと共に火口原が口を開け　赤と黒の噴煙が立ち騰り忽ち　椰子の実大の噴石が降りそそいだ　休む人や弁当をひろげている人たちが　火山灰でみるみる　灰色の五百羅漢のような姿と化していった

まっ黒い噴煙のなか　見え隠れする山小屋に転がり込んだ　火山ガスが充満し　噴石で屋根も壁も穴だらけ　内とも外ともつかず闇雲に倒けつつ逃れて行けば　いつか日暮れの山峡の部落に出ていた

なぜか通った気がする　行方不明の人たちはここに避難していたのか　目も髪も灰色の村人たち

石仏や岩陰からぞろぞろ出てくる　死んだ人のことを尋ねると口に手をあてて笑う

顔が石か石が顔か　村男と一緒にいた目の見えないわらう女から
手渡された石ひとつ

むかし二人で登り結界を破って山神の怒りにふれ　妻の頭に落ちた
石

男は机上に置かれた椰子の実大の石を抱いた　もうこわくない〈阿（ア）
毘羅呍欠蘇婆訶（ビラウンケンソワカ）〉　石は妻のさなぎなのだ
梢を揺らす神渡り　密かに戸を打ち岩を解く　石の世はめぐる者ら
の通い路
陽はあらゆる物を裸にしくるくる　遠くまわっていく　雲がわき起
って突然　季節が傾いた

昼食

昨日の丁度この時間に　私たち頂上でオニギリ食べていたのよね
昼食中に時計を見上げ　何気なく呟いて　満足気に微笑む妻
すぐに時計を見ると零時かっきりで　今日の自分は昨日の〈私たち〉
を真似る影絵のようだ
彼女の顔がいつになく遠く見えて　私はふと自分が誰かわからなく
なる

低山だが　春彼岸頃の頂上辺りは輝く残雪で　静かな人群れのように冬木が立ち並ぶ
ハンノキ　シラカバ　リョーブたち　樹皮が陽にこはく色に反射して　遠く那須連山が青く透け　陽炎に視野をちらつかされた
揺れている葉のない木々は　いったい私の外なのか内なのか　昨日の昼食はこの山頂だった

丹沢の山頂では梟のこえを怖がった教師の娘が　八ヶ岳山頂では花の陰にしゃがんだ九十九里の娘が　私を見下ろして〈昼食〉を食べ終ることはないだろう
茨城の信心深い百姓娘は　筑波嶺（ね）の社で伊邪那岐命（いざなきのみこと）と昼食をしたこの十八の娘から十年後に生まれた私は　今も嶺から見下ろされている　私はこの世に来る前に　娘時代の母のなかから　いつか生まれてくる自分を見下ろしたのだ

無数の日々のなかに笑いながら現われる〈昨日〉の娘たち　同じ時
刻にきまって家で昼食をしている私

咲き満ちた花も散り　もう誰かもわからないほど老いた私の見る
この真昼の夢はいつ醒めるのだろう　深まる春　それをよそに誰か
が夢の外から灰色の笑みを浮かべて　こっちを見ている

氷湖

湖畔の小屋に私が泊ったのは一晩だけだ　他にも登山者はいた　夜も七時をまわった頃　その女はまっ暗な中を単独で到着した　窓際に座ると　何かに憑かれたような眼差しで　長いあいだ髪をとかし続けた
夜更け眠れぬまま外を見ると　彼女が湖岸に佇っていた　まるで青い魚の半身（はんみ）のように　片側だけが月光に染まっていた　周りが切り立つ山々なので　湖岸の一方はいつも黒い影のなかだ
彼女は湖に語りかけてでもいるように　いつまでもそこにいた

早朝すでにその姿はなかった　一晩中きこえていたのは　波の音だ
　ったのかもしれない

数年私はその小屋に通いつづけた　湖と山の風景　そして小屋主の
話すあのとき湖底に身を沈めたという〈女〉の絵を描くために　凍
った湖にも行った
その氷湖に立たせた女と　幾体もの裸女の絵は　すべて半身だけが
山の陰になった

昼間影の部分を修正しているうちに　しだいに風景全面が青く塗り
潰され　その影のなかにいた女は　いつの間にか昼月のようにうす
れて消えてしまった
描いている間中　私は誰かと　たとえば紡車のようなものについて
　あるいは箱のようなものについて話している気がした

私の生涯は　幾たびか女との出遭いと別れがあった　それも私の出
来心で思い描いた女でしかなかった気がする
湖の深みから　氷のすぐ下まで浮き上ってきては　漂いながら消え
る　それは白いわらいのようなものにも思えた

氷の下からはいくらでも　うす青い目を開けた魚が釣れた

片腕の男

さびれた山峡の温泉場で　男は肩から外した義手を　彫刻の片腕の
ように脱衣籠に入れた　残る右腕と両足と口をつかって身体を洗い
　静かに首まで湯に沈めて目を閉じた
そして今は失い左腕のことを想った　パチンコで小鳥を墜としたこ
とや　村祭りの少年部では弓の名手だったことを
失くしてはじめてうぬぼれを教えられた　幻肢痛のたびに見えない
〈うで〉を与えられた

抱かれた女が言った　あなたって片腕なのにどうしてそんなに凄い
のかしら　息が止まるかと思った
神社でかしわ手を打つと　音はきこえます　と片目の神主が言った
　きっと神さまは左手の方の音をきいていたんだ

いつだったか吊橋のまん中で切り合いになった夢を見た　狭い吊橋
の向こう岸からやって来たのはあの男だ
切りかかってきたので切りかかっていった　どこからかヤレー　モ
ットヤレー　けしかけるこえがした　こだまだろうか　おのれの存
続にかかわる
片腕を取り戻すには切られねばならない　激痛に貫かれた瞬間　わ
たしに似た男は　山刀のようにニタリとした
人がわたしを避けるのは　失くした片腕を捜す執念で　河童みたい

な顔に見えるからなのか

むかし　厠に入った奥方に手を伸ばし　片腕を短刀で斬り取られた
河童*　三日のうちに継げば付くといって　さんざん謝り手をお返し
下さいと哀願し　返して貰ったお礼に鯰一匹を手水鉢(ちょうずばち)の辺りに置い
た　三日のうちにという　その交換のナマズほど大切な恩返しが
この世にあるとは思えない

たとえこの世がそっくり夢であってもと　腕のなかを通り過ぎた女
や夏の風がいったのだ　山峡の盆踊りや婚礼の死者たちがいったの
だ　ひとたびこの世にきたからには　みんな昼となく夜となく瓢簞
鯰を抱えひこずり　はこびはこばれて行くものだと
目を閉じた片腕の男は　湯船の中で薄笑いをうかべていた

＊「河童駒引」柳田國男

百夜村

村の吊橋は毎年村人によって吊り換えられる　怠ると水無川が氾濫
するという　百夜山（ももよさん）のふもとの百夜村　谷沿いの百軒ほどの集落は
どの家もよく似ていた
集落を通り過ぎたとき〈あの家〉に気付いた　どの家とも似ている
のにどこか違う　引き返すと見当らない　もしかしたら九十九軒の
分家を残し　あの家は絶えてしまったのだろうか

いつも幼女の姿で現われた　カヨはすでにあの家にいた　垣根をく
ぐり抜け家々を回って遊ぶ　百軒ノゾキのカヨと呼ばれた　追いか
けられ柄杓で水を掛けられたニワトリが腰を抜かして卵を産まなく
なる　垣根を塞いだりすると火事が出た　水死人も出た
水遊びする少年を見るとそこから離れなかった

カヨはつねにあの家にいた　家を存続させるため　役にも立たない
古箪笥や欠けた水甕を洗い清めた　ないことがありますように　あ
ることないことを話した
そのたびに味噌小屋か厨に男が泊められた　百夜の男はひたすら待
った　カヨが身重になりますように〈モモヨ好いとこ女のよばい〉
水面に映る明かりの点いた大きな家　がらんとしている　何をまも
っているものか　目を凝らすと　影のように遠く連らなって九十九

軒の家がみえる　〈今年の吊橋はヨスベ〉　侮った聟たちの家
どの家の厨にも水霊のような老女がいて静かに水を流している　ど
の家も〈あの家〉のよう　ゆらゆら水にあそぶ幼女の気配

水の引いた荒野を向こうからやってくる老人がいる　村を目指して
ずっと以前から歩いてきた　水を求めればすでに水の引いた川から
　柄杓にあふれる水を汲んでくれるカヨ婆のふしぎ
ただ　水音だけがきこえている　遠いとおい真昼　たとえ誰も知ら
なくとも　百夜村は百代村

あとがきに代えて

一個の砂時計である私は一日の夢を生きるために、自分をひっくり返し続ける。何ものかを追って流砂に足をとられながら帰り路のつもりがいつの間にか迷い路となる。

日常のあらゆる場所で出遭うこの通過点で、一瞬毎に生と死を繰り返しながら流砂のように行方をくらますことを願う。なぜなら私はほんとうに死がこわいのだ。けれど死から遠く生きようとすればするほどいよいよ死に近く生きてしまうことになるからだ。

私が死を書きつづけるのはこんな理由からかも知れない。

ここに集めた二十二篇の作品は、詩誌「ガニメデ」「光芒」「新芸象」、それに未発表を加えた。

二〇一八年　晩秋

吉田博哉

吉田博哉（よしだ・ひろや）

一九三三年　東京都新宿に生まれる

一九七四年　詩集『女限無』

一九八三年　詩集『死生児たちの彼方』

二〇〇四年　詩集『夢梁記』

二〇一三年　詩集『夢転（ゆめうた）』

所属　「日本現代詩人会」「光芒」「新芸象」

現住所　栃木県那須塩原市東原一三一―二四二（〒三二五―〇〇三四）

残夢録　吉田博哉詩集

二〇一九年一月一一日初版発行

著　者　吉田博哉
発行者　田村雅之
発行所　砂子屋書房
　　　　東京都千代田区内神田三—四—七（〒一〇一—〇〇四七）
　　　　電話〇三—三二五六—四七〇八　振替〇〇一三〇—二—九七六三一
　　　　URL http://www.sunagoya.com
組　版　はあどわあく
印　刷　長野印刷商工株式会社
製　本　渋谷文泉閣